KB266917

그리운 바람이 나를 불러

그리운 바람이 나를 불러

박강수 노래시집

아티재

시인의 말

노래는 시가 되고 싶고
시는 노래를 꿈꾼다.
목소리와 멜로디를 벗고 나면 속살 같은 내가 더 드러난다.
나의 노래는 바로 나이기에
감추려 두르고 다녔던 단단한 껍질처럼
음악이라는 집을 벗으려 하니
두렵고 떨리는 마음이다.

누군가의 시선이 행에서 간으로 이어지고
익숙한 단어에 머무는 순간은
진짜 나를 만나는 초면의 인사로
입가에 미소 번지시길 바랍니다.

2026년
박강수

차
례

2부

그 바람을 따라

3부
날아가 버린 나비도 꽃은 기억하지

4부

부러진 가지에 물길 닿으면

1부

뒤척이던 꽃씨 하나

나비

꽃이 날아가는 봄
향기도 따라나서는 봄
나비 날아다니다
파란색 대문 담을 넘는다

사랑이라 말할까 오랜 기다림
바람에도 지지 않고 그리움

그 꽃을 찾아 눈부시게
노랑나비 한 마리로
다시 태어나 날아온 길

아주 작은 꽃잎 지며
이슬 머금고 속삭였네

다시 봄을 만나면
사랑하자고 아름답게

말하지 않아도 들리지 않아도

새들의 노래가 들리는 듯 눈 감으면
스쳐 가듯 바람 일어
내 맘에 조용히

밀려드는 파도 눈부시게 빛나더라
하얗게 나의 품으로
안기다 멀어진다

세차게 부딪히는 세상은 파도 같아
뜨겁게 솟아오르는
외마디 사랑의 노래

부르지 않아도 들리는 듯 눈 감으면
멈출 수 없는 사랑의 노래

봄바람

봄바람 불면 흔들려
향긋한 새벽 아침

언제쯤에 꽃이 필까
들여다보네

햇살이 먼저 흔들려
달콤한 봄바람에

뒤척이던 꽃씨 하나
바람 소리 궁금해

꽃을 닮아 예쁜 꿈을 꾸는 소녀야
맑은 두 눈에 꿈이 담긴 소녀야

나비 날듯 흩날리는 머리카락
눈부시게 햇살 가득한 얼굴이

활짝 웃고 있네
꽃을 보며 활짝 피어 있네

노란 기억

아홉 살쯤 그때 생각이 난다

전학 가던 길
좁은 들길을 따라

어느 하루 아련해진 기억은
새아버지의 어색한 뒤를 따라갔던

어린 가슴에 내 어린 두 눈에
노란색 개나리가 흐드러져 피었던 길

낯선 그 길에 고개 숙인 마음에
어색한 걸음

나는 노란 꿈을 꾸고 싶었던 아이

작은 가슴
멍이 들어 잠들던 그때 기억은

지난 꿈길을 따라갔던

어린 가슴에 내 어린 두 눈에
노란색 개나리가 흐드러져 피었던 길

낯선 그 길에 고개 숙인 마음에
어색한 걸음

나는 노란 꿈을 꾸고 싶었던 아이

춘몽

홀로 걷는 길 위에서
벗을 삼아 주려마
진고개 고개를 넘어 넘어가

돌아본들 꿈이어라
사라지고 없는 꿈

날이 저문다
황혼이 든다

세월 앞에 바람도 숨어 울어 일렁이고
길을 잃고 헤매었다 하더라마는

돌아보는 사람도
가는 세월은 서러워

부질없는 마음만
흐드러졌다 지는 꿈

끝내 지는 꽃이어라
봄이 지는 자리에

별들의 숲 밤하늘

반짝이는 별들의 숲 밤하늘
나는 어둠을 친구 삼아
잔물결 바람에 흔들리듯이
춤을 추고 있다네

사랑이라 말하는 그 마음을
나의 하루는 벗을 삼아
무심한 바람에 일렁이듯이
숨을 쉬고 있다네

날마다 새로운 하늘에는
두둥실 하얀 구름
햇살에 반짝이며 눈부시게 아름답던 날

날아가는 새들은 줄을 지어
지는 노을을 따라가며
하나둘 사라진 텅 빈 하늘을
바라보고 있다네

조금씩 어둠이 내려오면
저 멀리 숲속에는
새들이 날아가서
속삭이다 잠이 들던 날

반짝이는 별들의 숲 밤하늘
나는 어둠을 친구 삼아
잔물결 바람에 흔들리듯이
춤을 추고 있다네

별빛과 달빛 그리고 노을 되는 햇빛

새벽별 내리는 저 바다는
물속을 밝히네
별빛으로

어둡던 그 속에 내려앉은
그 빛으로 깨어난
푸른 바다

동쪽에서 떠오른 태양
지난밤 별빛이 들려준 노래에

파도가 일렁이는 아침
파랗게 물이 들어 바다는 춤을 추었네

동그란 세상을 밝혀 주는
별빛과 달빛
그리고 노을 부른 햇빛

동그란 세상을 살아가는

별빛과 달빛

그리고 노을 되는 햇빛

비가 오기를 기다렸어요

이젠 말하고 싶어졌어요
난 사랑에 빠졌었다고, 그땐

비가 오기를 기다렸어요
단 하루만이라도 내리는 비

햇살의 날도 너무 길었던 봄
숨길 수 없는 기분 들키기 싫었어

난 길을 걸어도
난 밥을 먹어도
슬픔이 밀려와서 우울한 날들

날씨 탓이라고 말하려고
비가 오기를 기다렸어요

흐린 날들을 기다렸어요
난 온종일 비를 맞아도 좋아

내 하루가 길어졌어요
우울하고 짜증만 났던 날들

둘이 걷던 길 익숙했던 봄
숨길 수 없는 기분 들키기 싫었어

우산을 들고 가려 보려고
비가 오기를 기다렸어요

날씨 탓이라고 말하려고
비가 오기만 기다렸어요

작은 마당

1.

쓸쓸한 바람이 지나고
덩그러니 지내던 날들

가만히 나는 생각했네
곁에 있어 외로운 날들

어느 날 작은 마당에
새 한 마리 날아

꽃이 다 지도록 멈추지 않던 노래가
사라지던 날

아무도 모르게 기다리다가
슬픔 알게 되었네

2.

눈물도 그렁그렁 맺혀
기다림도 사랑일까 봐

어두운 밤하늘에 가끔
그리움을 나는 불렀네

그 작은 노래
바람이 내 기억을 날아

찬바람이도록 멈추지 않던 그리움
돌아보던 날

외로움 알았네
사랑이다가 남은 텅 빈 자리에

나의 노래

한낮에도 쉬지 않고
노랠 부르지, 나의 노래

너 어디에 있더라도
나와 같이 부르길 바래

가만히 귀 기울이면
들을 수 있지, 바람 노래

내 그리운 사람에게
들려주고 싶은 마음을

꽃이 피면 나비가 좋아해
비가 오면 눈물 지우고
풀벌레들의 밤길을 비추는
반딧불이의 고백을

사랑의 노래

그리운 노래
들려주고 싶어, 나의 노래를

바람의 노래
설움의 노래
불러 주고 싶어, 나의 노래로

나는 행복해

무지개가 떠오른다
그대 가는 길에

날마다 꿈꾸던 하루하루가
너무 행복해

동그라미 그려 사랑을
그대만을 위해

웃음이 찾아와 얼굴에 드리워
너무 행복해

무엇을 찾고 있는지
너만을 위한 그 한마디

그대는 세상에서 가장 아름다워
내가 그대를 만난 건
내 삶의 선물일까

사랑을 가르쳐 주어

나는 행복해

팽목항

눈 감으면
다시 만날 수 있을까
사랑 일던 기억마저도 우리

사월 하늘
검은 바다 한가운데
기다리고 기다리다
기어이 사라졌네

날이면 날마다 눈가에 눈물이 맺혀 부른다
사랑하는 나의 아들아
나의 딸들아

깊어 가네
바다도 슬피 울었네
날이 새도 긴 날이
다 지나도 오지 않네

날이면 날마다 항구에 그리운 이름 부른다
사랑하는 나의 아들아
나의 딸들아

깊고 두려운 그곳에
너의 이름에 너의 부름에
손을 저어 본다
불러 본다
기다린다

말하고 싶은데

바람에 흔들리지만
잡을 수 없다는 것을 알고 있지
누구나 한 번쯤 그 자유의 꿈을 꾸지

답답한 고인 물처럼 썩어질 무의미한 것들
누가 먼저 용기를 내고
큰 소리로 진실을 말해

난 사람들 속에서 웃음을 잇지 못하고
큰 소리와 거짓과 일그러진 표정 앞에

당당하게 서 진실을 메고
자유를, 난 평화를 외면하지 않고

이제는 말하고 싶은데
나 들을 수도 있고
슬픔도 알고
너처럼 행복을 추구해

두 눈을 감고 내 귀를 막는 사람들이 있지
그렇지만 다시 일어나
그 길을 향해 가지

공평한 햇살

어둠 속에선 아무것도 볼 수 없지
살아 숨 쉬는 건 모두가 필요한
물과 한 줌의 햇살

밝은 날은 태양 빛으로
구름 속엔 빗물이 모여
꽃을 피우지 또 열매를 맺고
우린 그 속에서 살아가는 사람들

하늘과 바다도
새들의 노래도
자유와 평등을 꿈꾸게 하지
아름다운 꿈

라랄랄랄라
공평한 햇살 속에서 라랄랄랄라
시원한 바람 속으로 라랄랄랄라
불을 끄면 보이는 별빛 라랄랄랄라

자연은 선물

라랄랄랄라
공평한 달빛 아래서 라랄랄랄라
시원한 물길 따라서 라랄랄랄라
불을 끄면 보이는 별빛 라랄랄랄라
자연은 선물

대나무처럼

지나간 바람
푸르던 잎들의 노래

새벽에 이슬이 날 키우면
햇살을 보네

나는 내 안에
아무것도 채울 수 없다네

땅속에 감춰진 내 사랑도
담을 수 없다네

나는 뿌리에서 뿌리로 이은
생명의 나무

껍질을 하나씩 떨굴 때마다
하늘만 바라보며 나는 키를 키우는 나무

욕심도 없이
반듯하게 자라는 나무야

난 대나무야

나무가 되고 싶다

푸르다 숲
드높다 저 산
마른 숨 쉬어 가자고
두드린다, 가슴은

멀어진 삶
길어진 방황
나는 또 길 잃은 마음
둘 곳이 없네

하늘 가까운 산 위에
구름인 듯 닿으면
나 다시 가벼운 바람이려나

나무가 되고 싶다
말없이 섰는 마음으로
슬픔도 모르고
눈물도 없는 산 위에

하늘 가까운 산 위에
구름인 듯 닿으면
나 다시 가벼운 바람 되려나

나무가 되고 싶다
말없이 섰는 마음으로
슬픔도 모르고
눈물도 모르는 채로

왜

바람 지날 때 길을 물으니
사람들은 왜 다들 길을 묻는가

바람은 그저 자유로운 세상을
불어 불어 가다 나를 만났다고

왜 갖지도 못할 욕심을 위하여
소중한 많은 것들을 포기하는가

왜 숨이 차오르게 뛰어가는가
가만히 있어도 지나가는 삶인데

언제부터야 어디서부터
시작된 바람 나를 지날 때

나는 궁금했었지 내가 묻는 모든 것이
바람도 내게 많은 것을 물었네

왜 기다리지 못해 넘어지는가
바람은 쥐어도 가질 수가 없는데

나의 아버지

나의 아버지, 기억할 수 없는
난 세상에서 가장 아름다운 사랑
모르고 있죠

알 수 없어서 가끔 눈물이 나
그래서 두려워요
변해 가는 나를, 차가워진 가슴을

사랑, 그 맘은 어떻게 알 수 있나요
한 번도 내겐 없던 기억
배울 수 없는 건가요

그렇게 따듯한 손길로
무엇을 알게 되는지
그 품에 안기면 얼마나 행복한지도

나의 아버지
오늘처럼 슬퍼진 날엔

나의 아버지
당신만의 사랑 궁금해요

인생은

뒤돌아보니 사랑도
뒤돌아서는 이별도
모두가 인생이더라
순간이더라

가진 게 하나 없어도
세월이 내게 남겨 준
사랑은 이루고 싶다
다시 걸어가는 길

어느 날 내게 물었네
사는 동안 행복했는가

인생은
지나는 바람이더라

인생은
소리도 없이 가더라

인생은

그리움의 그리움

어느 날 나도 모르게
지나가던 슬픔
눈물 나게 해
멈출 수가 없는데

그렇게 나도 모르게
그리워 울던 밤
보고 싶게 해
단 한 번만이라도

당신의 목소리
손끝에 남은 그 온기가
엄마, 하고 부르면
다시 바람 지나던 그 집에서

어서 오니라 그 먼 길을 전화도 않고 와
언제 갈라고 그 먼 길을
맘에도 없는 그 말

그리워 그리워
그리워하는 맘
꽃이 피고 꽃이 지면
지나는 그리움

2부

그 바람을 따라

그대와 내가

하늘과 땅이 그렇듯
꽃과 나비가 또 그렇듯

세상에 있는 모든 것들이
다 저마다 짝을 이루고

해와 달이 그렇듯
낮과 밤이 또 그렇듯

많기도 많은 사람들 속에
그대와 내가 있네.

그대와 내가 그대와 내가
짝을 이루고 있네.

내가 그대가
넘치고 많음 속에서
우리 함께 모여

짝을 이루고 있네.

내가 그대가
세상에 있어 내일이 있는 걸
함께 모여 짝을 이루고 있네.

가을은 참 예쁘다

가을은 참 예쁘다
하루하루가
코스모스 바람을
친구라고 부르네

가을은 참 예쁘다
파란 하늘이
너도나도 하늘에
구름같이 흐르네

조각조각 흰 구름도 나를
반가워 새하얀 미소 짓고

그 소식 전해 줄 한가로운
그대 얼굴은 해바라기

나는 가을이 좋다
낙엽 밟으니

사랑하는 사람들
단풍같이 물들어

가을은 참 예쁘다
하루하루가
코스모스 바람을
친구라고 부르네

사람아 사람아

별을 사랑한
사람아 사람아

이루지 못할
사랑을 사랑을

아쉬워하지 말아라
작은 사람아
너를 지키고 있으니

어둠은 가고
사라진 사람아

보이지 않는
사랑을 사랑을

너무 슬퍼하지 마라
나의 사람아

너를 비추고 있으니

하늘은 나의 꿈
땅은 너의 생명이잖니
그렇게 서로 마주 보고 있잖니

닿을 수 없지만
영원히 함께하면서
사랑해
더욱 사랑하자

사랑의 노래

찬란하게 빛나는 거리를 걸었으면 싶네
사과나무 한 그루까지도 꿈을 담아

어느 계절 언제나 웃을 수 있는 사람들만
모여 살고 싶어라 친구들 자유롭게

사랑의 노래를 부르며
라랄라라라라 사랑의 노래를

하늘 위를 나는 새들의 날갯짓을 달고
그대 위해 부르는 이 노래 꿈을 담아

하루해가 저물어 가는 곳 저 언덕을 넘어
모두 함께 부르는 이 노래 자유롭게

사랑의 노래를 부르며
라랄라라라라 사랑의 노래를

눈물이 나

추워 날개가 얼어붙어서
날지도 못하는 날에는

멀리멀리 날고 싶다는 꿈
바람 아무도 막아 주지 않네.

그 시리도록 찬바람을
외롭게 혼자 서 있네.

눈물이 나.
하염없이 눈물이 나.

눈물이 나.
얼어붙은 눈물이 나.

마음속에 눈물이 나네.

회상

길을 가다가 또 걷다가 멈추는 발
멀어지는 맘 꺼지는 불빛들

희미하구나 덧없는 날 꿈이었나
지나가는 건 사라진 건 잊혀진다

기다리는 건 아름다운 약속인가
다시 멀어진 기약 없는 만남인가

눈물에 사라진 흘러내린 내 사랑아
아득하구나 미련 없이 사라진 날

가벼운 바람 나를 흔들고
무거운 맘이 나를 깨우는

이슬에 젖은 어두운 밤이 지나면
날이 가듯이 새로운 달빛도

희미하구나 덧없는 꿈이었나
지나가는 건 사라진 건 잊혀진다

다시 힘을 내어라

다시 힘을 내어라.
나의 손을 잡아라.
뒤돌아보지 말고 나아가야지.

푸른 나무들도
등을 미는 바람도
너를 위한 몸부림에 힘겹다.

삶에 지치면
길을 잃고 지치면
친구가 되어 줄 그댈 만나 기대어
걸어가 보자. 올라가 보자.

다시 힘을 내어라.
나의 손을 잡아라.
뒤돌아보지 말고 나아가야지.

푸른 나무들도

등을 미는 바람도
너를 위한 몸부림에 힘겹다.

손을 내밀면 나의 손을 잡으면
아픔은 사라져 누구든지 사랑해.
걸어가 보자. 올라가 보자.

다시 힘을 내어라.
나의 손을 잡아라.
뒤돌아보지 말고 나아가야지.

푸른 나무들도
등을 미는 바람도
너를 위한 몸부림에 힘겹다.

봄이 온단다

고운 바람이 불어와
내 눈을 간지럽히고 지나간다.
눈부시게 소식 기다리다 만난 그대와

봄이 온단다. 그 향기로운 말
눈을 감으니 더 반가웁다.
고운 마음 벌써 달려 나가
활짝 피어날 준비를 한다.

봄비가 와도 좋겠네.
우리 비를 맞고 걸어 보는 추억이게.
해가 나도 좋겠네.
우리 눈부시게 아름다운 꿈을 꿀 테니.

아름다웁게 더욱 아름다웁게
마음에 봄이 온단다.

고운 새소리 저 시냇물 소리

노래 부르면서 흘러간다.
구름 뒤에 숨은 산들바람 타고
무지개 꿈을 꾼다.

봄비가 와도 좋겠네.
우리 비를 맞고 걸어 보는 추억이게.
해가 나도 좋겠네.
우리 눈부시게 아름다운 꿈을 꿀 테니.

아름다웁게 더욱 아름다웁게
마음에 봄이 온단다.

노래 부르며
그대 나를 부르며
마음에 봄이 온단다.

비가 그치면

이 비가 그치면
내게 오나요, 그대.
활짝 웃고 있는 얼굴로
나를 부르며.

사랑의 시작일까.
이 비가 그치면
그대를 만나게 되면
기다림은 끝이죠.

사랑이죠.
내 맘은 그대에게로 가는
반가운 내 삶의 고마운 선물.

난 기다려요.
그대를, 그 이름을 부르며
지금 난 행복하면 돼요.

하늘이 웃고 있죠.

아버지

내 그리움이 닿지 않는 곳에는
항상 그대가 있었네.

미움인지
더 진한 사랑인지도 모르는 맘.

내 기다림을 알고 있나요.
항상 그대를 기다리는 맘.

내가 있어
그대가 행복한지 궁금합니다.

아버지
내 아버지
그 이름을 부르고 싶어.

내가 당신께 무엇인지도
알고 싶어 부르는 맘.

아버지
내 아버지
그 사랑을 부르고 싶어.

사랑합니다.
이런 마음들은
눈물이 되어 갑니다.

부족한 사랑

변하지 않았었니
다른 사람도 만나 사랑할
그 긴 시간을 넌 포기한 채
날 그대로 기다려 왔니

어쩜 너의 마음은
하나도 잊지 않은 채로 날
그 긴 시간을 외로움에 지쳐
나만을 기다려 왔니

나 어떻게 너를 사랑해
나의 사랑은 네게
부족한 짐이 될 뿐이야

얼마나 많은 시간이
널 잡아 그렇게도
아픔만 가지라고 했나

꽃이 지기까지

보면 볼수록
아름다운 너였기에 난

그 숨 가쁜 너의 향기
느낄 수가 없었나 봐

이제 너에게
용서를 빌어야겠어

그동안 미안해

얼마나 힘들었을까
꽃과 가지만 남아
잎을 떨구어 낼 때까지

꽃이 지기까지……

엄마, 나를 지켜 준 이름

마르지 않는 그 사랑으로
내게 남아 있는 그 말 한마디
그 눈길 한 번은 모두 나를 위한 것

하지만 기대지 않았어
내 몫이 아니라고
손을 뿌리치며 돌아섰지 난

변치 않는 그 마음으로 날 이해해 준 건
나 사랑해서 나 잘되라고
믿는 마음일 텐데

하지만 난 알지 못했어
영원한 것은 없다
바보 같은 나는 그 마음을 잘 몰랐어

부르면 아픈 사랑
부르면 우는 사랑

엄마 그땐 내가 너무 어렸어

왈칵 눈물이 날 것 같았어
그 마음 알고 사랑한단 말도 못 했어

집을 나설 때 엄마 뒷모습에서
변하지 않는 사랑을 봤어요

부끄러운 내 작은 마음 다 알고 있다고
사랑이란 게 자식이란 게 다 그런 거라고

내게 말은 아끼셨지만 나는 너밖에 없다
네가 잘되는 것 좋은 사람 만나는 것

나를 지켜 준 이름 내가 사랑한 이름
엄마, 이제라도 품에 안기면 웃어 보일 것 같은데

널 사랑한다

말하지 않아도 알고 있단다
그 마음을 알고 있단다

바람이 분다

가슴 속까지 바람이 분다.
살랑 바람이다가
어느새 내 몸을 흔든다.

하늘이 낮게 내려와 운다.
잠시 흔들리다가
어느새 소리 내어 운다.

지나가는 사람아,
나를 한 번만이라도 안아서
쉬게 해 줄 수는 없는가.
어이해 아무도 없는가.

아, 슬픈 꿈이여.
깨어나지도 못할 나의 꿈이여.

아, 나의 바램은
지나가 버린 바람 속에.

그리운 바람이 나를 불러

그리운 이름 그 아름다운 맘
사랑으로 다 알 수 없기에
허전함 달래려고 떠나는 이 길이
무거워 힘겨워 내게는

하지만 다시 떠나려는 맘
아무것도 남은 게 없기에
오늘을 살아가는 용기가 필요해
그대가 살아갈 이유로

낯선 거리를 걷고
낯선 사람을 지나
반가운 나를 만나고 헤어지는 하루가
다시 눈앞에 있는데

어쩌면 그리운 바람이 나를 불러
훨훨 날아오르니
다시 하늘을 날아오른 새처럼

나는 날아올라

비상

보다 멀리 보는 하늘을 날고
보다 나은 하루를 살아가지만
너무 많은 것을 가지고 사는 건 힘들어

사랑해도 외롭다는 건 남아서
아주 깊고 깊은 곳으로 떨어져
이제 다시는 날지 못할 거야
다시는

아주 멀리 가고픈 꿈들
아주 다른 세상을 향해
떠나가 날아가
더 높이
더 멀리

더 이상은
평범하게 살아가는 내가 싫어
두려움도 아름답게 길들여 가는 거야

포기할 수 없는 거야
멋지고 아름다운 날
세상에 단 하나밖에 없는 내 삶을

가겠소

걸어 걸어가다 보면
한 줄 바람이라도 와
나의 이름 부르며
외로움 달래 주려마

세상 끝까지
걸어서 갈 수 없다면
나의 꿈을 실어서
바람에게라도 주려마

이봐요 혼자 가지 말고
나와 함께 가겠소
가겠소 가겠소
나와 같이 가겠소

희망을 찾아서
나와 함께 가겠소
사랑을 찾아서

나와 함께 가겠소

가겠소 가겠소
우리 걸어가겠소

바람아

바람이 내게 불어와
그 싸늘했던 바람이
눈부시도록 아름답던
그 꽃들이 바람에 날려

세월이 가고 오는 길
그 길 따라 나도 함께
머나먼 길을 헤매 오다
이제야 바람을 만나

바람아 바람아
나를 실어 갈 수 있을까
불어와 불어와
나를 친구로 받아 줘

바람아 바람아
나를 묻어 갈 수 있을까
불어와 불어와

나를 그 속에 안아 줘

마다가스카르 사람들

나를 부르는
그 바람을 따라갔던 그곳은

시간을 넘어 오래전 그대로
나 반가워 웃음 주는 사람들

내 눈을 보며 마음을 열고
사랑 한 가득 모두 가져가

그대를 위해 온 세상을 위해
전해 주라는 사람들

파란 하늘을 닮은 사람들
그리움을 가져가 더 행복하다는 사람들
맑은 미소를 담은 사람들

손을 내밀고 두 눈을 감으면
나는 사랑의 날개 달고

바다를 건너 그대를 꿈꾸는 날

다시 떠나고 기다리네
아름다운 날 기다리네

사랑 한 모금 그대를 위해
주고 싶은 맘 하늘을 날아가면

다시 떠나고 기다리네
아름다운 날 기다리네

주사위

던져진 세상 속에 살아 봐
알 수도 없는 길에 놓여 봐
단 한 번 사랑 속에도 빠져 봐

던져진 주사위처럼
돌아가는 내 모습
차마 볼 수가 없어

그래도 난 어느 면에서든
달라진 내 모습으로
살아가야 하는 거야

숨이 막혀 힘들어도
포기할 수 없는 거야

내 자신의 중심을

3부

날아가 버린 나비도 꽃은 기억하지

소녀

장독대 옆 앵두나무 지나
하얗게 핀 함박꽃
이슬 내린 날 고개 숙인 게
아침 인사 같아

눈이 부신 날 너의 하얀 미소에
나의 꿈이 자라던
열두 살 기억 어디쯤엔가
나도 하얗게 핀

그 꽃을 닮은 소녀
봄을 지나던 기억
나도 이제 어른이 되었다고
미소를 피운다 하얗게

어느 꿈엔가 나는 어른이 되고
하얗게 핀 함박꽃
엄마 생각에 손을 내밀다

하얗게 사라진다

그 꽃을 닮은 소녀
봄을 지나온 기억
나도 이제 사랑을 배웠다고
눈물을 흘린다

하얗게 하얗게
탐스러운 꿈이
피었다가

꽃잎

바람은 다 기억해.
그 시절의 꿈
날아가 버린 나비도 꽃은 기억하지.

아무도 없었지. 견딜 수밖에
눈시울이 붉어진다.

돌아갈 수 없는 꽃잎이어라.
피어나지 못한 소녀
그 아름다운 시절
저 바다를 건넜다.

강물이어라.
멈출 수도 없는 소녀
그 아름다운 시절
긴 세월을 건넜다.

피지도 못하고

꽃잎, 눈물이 된다.

꽃잎, 눈물이 된다.

아카시아 꽃 피었네

길었던 하루 지나고 집에 오는 길에
어디선가 전해 오는 달콤한 그 향기가

코끝에 산바람 타고 넓은 들을 지나
사람들의 기억 속에 날아들어 향긋한

아카시아 꽃 피었네 집에 오는 길에
피곤하면 안 된다고 활짝 웃음 주었네

외로운 나의 집으로 돌아오는 길에
반가움도 잠시뿐인 나의 지친 하루에

차창 밖으로 지나는 푸른 나의 시절
어디에서 머물다가 하얗게 사라지나

향기로 꽃을 피웠네 집에 오는 길에
꽃봉오리 사라지고 바람만 지나가네

나의 날은 멀어지고
누군가의 기억 어디쯤에 꽃이 되어
다시 사랑이 될까

또 다른 꽃을 피웠네 향기로운 날에
집에 가는 그 길가에 그댈 위한 노래로

향기로 꽃을 피웠네 집에 오는 길에
아카시아 꽃 피었네 집에 오는 길에

피고 지다

꽃이 피네
꽃이 지네
아름다웠던 서럽게 떨군 꽃잎 하나

사랑인가 눈물인가
모두 지나간 빈 하루만 빈 가슴만

아, 사랑아
같은 기억이 피었다 지는 사람아

피고 진다 사라진다
잠시 머물다 꽃으로 피었다
가슴에 진다

아, 사랑아
아, 사랑아
향기도 없이 피었다 지는 사람아

피고 진다
사라진다
잠시 머물다 꽃으로 피었다
꿈같이 간다

키 작은 나무 아래

기억이 부르는 키 작은 나무 아래
혼자만의 슬픔이 있어
어느덧 나의 괴롭던 이야기도
너만은 알고 있었지

내 어린 가슴이 키 작은 나무 아래
눈물 흘리던 기억을 듣고
무성한 잎들이 싱그럽다
지나던 바람에게 내 이야기를 해

어루만져 주고 싶다는 바람이
어디선가 사랑을
내 작은 하루에 물을 주듯이
소리 없이 주고 가던 날

나무에 기대고
나무에게 말하고
어느새 바람에게도

기다린 날들이 키 작은 하늘 아래
나만의 이야기를 듣고
사랑이 주고 간 나만을 위한 노래
너만은 알고 있을까

바람이 불어와
니무에게 말하고
어느새 내 귓가에도

소나기

한 줄기 빗물이 내려와
한 줄기 햇살이 내려와
한 줄기 바람이 지나가는
길 위에 서서

한가한 오후를 지나가
한 사람 나만을 바라봐
하루가 오색 빛 무지개를 만들고 있네.

오늘은 어디로 갈까
휘파람 불며 가 볼까
두 눈을 감고 지나가는
바람을 불러

콧노래 부르며 갈까
소나기 반가운 이름
용기 내 그대에게 살짝 입맞춤도 하고

새파란 하늘을 지나
새하얀 구름이 가고
저 멀리 나를 불러 가면 그대의 미소

한 줄기 빗물이 내려와
한 줄기 햇살이 내려와
한 줄기 바람이 지나가는
길 위에 서서

그대하고 나하고

하루해가 지나간다
그대하고 나하고
숲길을 따라 새들의 노래로

초록 잎을 해가 지나
아름답게 빛날 때
나는 생각해 우리의 지난날

저무는 하루에게
그대와 나의 노래
많은 것이 지나간다
아름답던 이야기

스산한 저녁에 바람
그대하고 나하고
숲속에 앉아 풀벌레 소리로

어느새 어둠이 내려

반딧불이 하나가
미소를 잃고 그 빛이 사라져

떠날 준비를 하지
그대와 나의 노래
하고 싶은 말을 지나
붉게 물든 저녁놀

하루해가 지나간다
그대하고 나하고

그대하고 나하고

눈썹달 웃음 사이로

도시를 내려다본다.
저 멀리 별빛 사이로
구름 사이로 어둠 사이로
눈썹달 웃음 웃는다.

하늘은 웃고 있지만
사람들 잠이 들어서
꿈속에서나 볼 수 있을까.
눈썹달 저기 웃는다.

고단한 하루 끝에서
무거운 어깨 너머로

환하게 비추는 별들도
어둠을 따라가다
내일을 꿈꾸는 그대 위해
하나둘 내려온다.

눈썹달 웃음 사이로

하얗게 새벽이 온다.
별빛들 웃음 사이로
첫차를 타고 졸린 눈으로
사람들 하늘을 본다.

눈썹달 웃음 너머로
하나둘 추억 속으로

환하게 빛나는 아침도
어둠을 따라오다
내일을 비추는 그대 위해
눈부신 해가 뜬다.

파란 바람

고운 모랫길 걸어
간지러운 발가락
그 사이를 지나는
옆으로 기어가는 게 한 마리

나는 도시를 떠나
많은 사람들 지나
옆으로 가도 좋은
또 다른 세상으로 빠져드는 이 기분

아무도 모르는 꿈
찾아 떠나가는 내 모습
푸른 꿈을 가르며
시원한 바다를 만나 바람을 타고

똑같은 하루를 떠나
같은 내 모습 지나
같은 길을 걸으며

똑같은 사람들과 함께하는 이 기분

아무도 모르는 꿈
찾아 떠나가는 내 모습
푸른 꿈을 가르며
시원한 바다를 만나 파도를 타고

있잖아 꿈이 있다면 이대로 너를 찾아 떠나 봐
걱정도 너를 위해서 하나둘 사라지게

나에게 하는 선물 둥근 세상을 난 품고파
어디든 상관없이 푸른 하늘 위를 날아 바람을 타고

한사랑

바다를 사랑하고 그리워하다
보고 싶은 마음에 달려가
어두워지고 비는 내리는 밤에
우리 어디 있을까 사랑은

눈에 보이는 바다 파도 소리 들리고
멀어지려는 사람 곁에서
나 혼자만이 그리움을 만들고
헤어짐도 없는 꿈 그대는

저기 멀어지려는 파도와 같이
오늘도 그대 마음까지 갔다가
돌아서 올 때 무거웠던 발걸음
그대는 아무것도 몰라

내 마음은 어느새 밀려드는 아픔이
혼자만의 한사랑 그대를
멀어지려고 기억 밖에 두려고

생각하다 머무른 사랑은

저기 멀어지려는 파도와 같이
오늘도 그대 마음까지 갔다가
돌아서 올 때 무거웠던 발걸음
그대는 아는지도 몰라

곁에 있을 때 손을 잡고 싶을 때
나만 혼자서 그림자에 머물다
그 사람에게 미안해지는 마음
그대는 아직까지 몰라

그대는 아무것도 몰라

섬, 바다의 꿈

섬, 바다의 꿈
부딪혀 출렁이다
뜨거운 가슴으로
사람을 만나고 싶다

흐르지 않고
머물러 살아가다
한 줄기 섬에 피는
꽃 되고 싶다

바람이 불면 흔들리는 꽃
기다리는 꿈, 그대

차가운 바다 깊은 곳 날으던
물고기 한 마리도
섬에 살고 싶다는 꿈 얘기했었네

섬, 바다의 꿈

조금 더 높이 올라
하늘을 품음으로
다가가 머물고 싶다

사람이 그리워 바다는
섬에서 살고 싶단 얘기를 바람에게 했었네
섬은 바다의 꿈

오늘 밤

자꾸만 기다려지는 마음이
문 밖을 서성이고 있네
아무도 오지 않을 골목길에
비를 맞고 있네

사랑이 가 버린 자리 거기엔
무엇도 남아 있지 않네
조용히 타오르던 내 마음도 그리움도
비를 맞고 있네

오늘 밤
비가 내리네 오늘 밤
그대를 기다려 오늘 밤
시간이 멈추면 그날 밤
그 자리

이제는 내게서 멀어지려는
그날들 냉정했던 말들 떠올라

눈물 흘러 내 사랑도
비를 맞고 있네
비를 맞고 있네

오아시스

바람이 내 머리 위를 날아
사막을 떠돌다가
돌아오지 않는 길 위에
그대를 다시 만나
내게 오라고

기다림 그 더딘 시간들은
너무 멀리 떨어져
신기루처럼 희미해져 가네
너의 기억 사라져 가네

떠돌다 사막의 모래 위를 가다
무수히 떠 있는 나의 기억
밤하늘에 드리운 얼굴에 눈이 붉어
보고 싶어 돌아갈까

하지만 내 기억 속에
그대 내겐 어울리지 않는 꿈

눈부신 내 맘에 그 어둠이 드리워

아주 멀리 떠나갔다고

당신의 당신

사랑은 지나 작은 불씨 하나
창가에 이는 바람
떠나는 이 마음 가는 곳
그대 어디인가

길 위에 머물다 사라져 간
상심의 시간들이 덧없어라
다시 만나는 기다림의 마음

기억이 나를 잠시 데려가
영원의 약속 그날
그리고 생명의 나를 잠시 사랑해

떠날 수 없다는 그 마음은
머나먼 바다를 건넜을까

내게 돌아오지 않고
그대를 나만 기다리다

서성거리다가 지는
당신의 당신

눈물

사랑은 한 번 뜨는 가슴의 별처럼
빛나는 기억 하나
사라지지 않는 꿈
그대, 그대

뿌리칠 수 없었던 마음들
지키지 못한 날들
돌아설 수 없었던
나를, 나를

저 멀리 떠난 사랑
떠나보낸 사랑

어둔 밤마다 사랑은 뜨고
저 멀리 떨어지는

날이 새는 날마다 빛나던
내 사랑이던 기억

두 눈가에 맺히는
눈물, 눈물

내겐 벌써 잊혀진 그대를
오늘 하루만 다시
서성이다 지나간
그대, 그대

저 멀리 떠난 사랑
떠나보낸 사랑

어둔 밤마다 사랑은 뜨고
저 멀리 떨어지는

눈물꽃

사랑을 했다는 말도 하지 말아요
더 아파 와
두 손을 잡고 당신과 헤매인 날에

이별은 없다는 말도 내게 말아요
더 슬퍼 와
어둠 속에도 하얗게 생각이 나네

그 사람, 내 곁에 없는 그 사람
떠나도 내 곁에 머문 그 사람

돌아설 때 이미 멀어진
그 짧은 만남을 주고
지금은 곁에 없는 사람
그 사람 때문에
사랑 때문에

슬픔이 잠시도 멀지 않은 날

눈물꽃

어느 날 덧없는 숨을 쉬던 날

그 사랑 눈물꽃이 되어 피어나
새빨간 꽃잎 떨구어
지금도 생각나는 사람
그 사람 때문에
사랑 때문에

고함

천둥소리 같은 고함이
들리지 않으니 멀어진다

삶에 바라옵고 원하는
사람들 소리가 사라진다

눈 감아도 보이고
가슴만으로 통하는 길

그 길에 빛나는
희망 하나로 우리는
소리친다
아무도 모르게

바람 같은 그 목소리로
삶에 바라는 일들이
다 이뤄진다

기적이 부르는 날들이
그대를 따르고 커져 가네

동쪽 하늘이 열리고
어둠 저 멀리 사라져

동네 한 바퀴

하루에 몇 번쯤 그대는
고단한 어깨가 힘들어
일어나 허리를 펴고 하늘을 보는
달콤한 휴식에 웃음 짓는지

좁은 골목 언덕을 따라
힘겨운 삶의 수레를 끌고
오르다 숨이 턱까지 차고 오르는
그대 하루에 노래를 보낸다

영차 힘을 내요 아저씨
영차 이마의 땀을 닦아요

영차 힘을 내요 아줌마
영차 두 손을 잡고 일어나

노래 불러요 랄라랄랄라
그대와 함께 내가 있으니

손뼉을 치며 랄라랄랄라
모두 함께 노래를 불러요

노래 불러요 랄라랄랄라
우리 다 같은 꿈이 있으니
함께 걸어요 동네 한 바퀴
그 길에서 노래를 불러요
모두 함께 희망을 불러요

누렁아

누가 너를
아픔의 시작이 되라 했나
두 눈에 맺힌 눈물 하나하나
미안하다 누렁아

사랑이 식은 세상에
빛 하나 없는 날들
여전히 우리 알 수 없는
세상 속에 살아가

달아날 수도 없는 날에
너는 누구를 향해 반가워
꼬리를 흔들었을까
자유도 모른 채

가족이 되고 싶은
누렁이의 작은 소원
착하고 여린 눈에 사람들은

모두가 주인인 듯

달아날 수도 없는 날에
너는 누구를 향해 반가워
꼬리를 흔들었을까
슬픔을 감추고

힘내, 누렁아
더욱 힘을 내, 누렁아

밝은 빛이 다 사라지고
어두운 두 눈 속에 눈물이
고마운 사람들을 향해 꼬리를 흔들어

힘내, 누렁아
더욱 힘을 내, 누렁아

그대는 바람

더 이상 내게 사랑은 없다
마지막인 것이다
믿을 수 없는 사람
믿지 못하는 맘

더 이상 내게 그대는 없다
뜬구름인 것이다
흩어져 버린 바람
추억마저도 바람

허공에다 그대 이름을
하나하나 던지며
눈물 흘리지 않게 한다는
믿었던 그 한마디를

지키지 못해 눈물이 난다
미운 사랑이 간다

4부

부러진 가지에 물길 닿으면

사계

슬픔이 없는 생명은 없으니
외로워 마라 어둠 속에도 지나갈 테니

아무도 찾는 사람이 없어도
기다리는 건 날이 새는 건 한결같으니

봄이면
꽃 피고 지는 일 거르지 않으며

무더운 여름날은
그늘숲이 되어

기다림의 끝에 가을
돌아보지 않고

얼어붙은 마음에도
다시 찾아드는 봄이야

부러진 가지에 물길 닿으면

다시 살아나
다시 살아나
숨 쉬게 되리

이슬비처럼

몰랐었네
조용히 조용히 비가 내리네

지나가다 멈춘 아이 하나
우산을 펴기 전에

잿빛 하늘 오늘은 비가 오려나 했지
축축하게 젖은 땅에서 비의 냄새가 나

언제였을까
내가 궁금해 했던
사랑을 알게 되던 날
오늘처럼 비가 내렸지

소리 없이 사랑은 마음을 적시는 것
천천히 아주 조금씩
이슬비처럼

조용히 나를 적시는
사랑비처럼

너의 노래는

너를 닮고 싶어
이른 아침의 노래

나를 깨워 주는 휘파람은
너의 조그만 부리로 부르겠지

사랑이 담겨진
아름다운 노래야

하루하루 내게 찾아와서
아주 조그만 눈빛이 반짝이는
아주 조그만 눈빛을 마주치는

널 기다렸어 날이 새기만
햇살도 창을 열고

널 기다리다 비가 내리면
구름만 지나가기를

그렇게 외롭던
날들이 지나가고

매일 내 창가에 속삭여 준
너의 노래는 행복이야

슬픔도 춤춘다

슬픔도 춤을 춘다
눈물을 삼키고

사랑도 꿈을 꾼다
외로워서 서러워서

나 어디든 떠나고 싶다
바람처럼 가고 싶다

나 사랑을 만나고 싶다
소리 없이 그대를

세월에 눈을 뜬다
이제 와서 다시 춤을 춘다
이제 와서 다시 꿈을 꾼다

미움도 멀어진다
세월 따라 모두 사라진다

동서남북

바람도 강을 건너고 새들도 날아가는
저 북녘 땅에만 갈 수가 없네

나 태어난 곳 함흥을 바라만 보았네
한평생 기다려도 갈 수 없었네

누가 내 발을 묶었나
누가 내 삶을 반으로 가르고
책임지질 않나 대답이 없나

살아생전에 만날까 나물 캐던 그 언니를
새벽에 눈 뜨면 갈 수 있을까

누가 내 발을 묶었나
누가 내 삶을 반으로 가르고
책임지질 않나 대답이 없나

그때는 봄

길가에 날아온 풀씨 하나
그때가 봄이었지

마음에 이는 슬픔 하나
그때도 봄을 지났네

아무런 생각도 할 수 없는
걸음을 내딛어야 했던 봄

슬픔도 한 번 건너왔던
그때는 봄이었지

이제는 기억만 볼 수 있는
가만히 눈 감아야 했던 봄

그리움도 한 걸음 밀려왔던
그때는 봄이었지

나무가 될게

나무가 될게
네 곁에 있는
소리 없이 널 기다릴게
새들의 노래 부는 바람도
모두 너를 닮아서

기다리면 돼
밤이 지나도
사랑했던 널 기다릴게
비가 내리면
내 눈물 닮은 비가 내려온대도

사랑은 변하지 않고 늘 기다림으로
마음이 더 자라나기를 기도하는 거라고
밝은 햇살이 내게 말해 줬지만, 그 비밀을

잊어버렸어 흔들리다가
다시 돌아오는 걸

바람길

바람도 누워 가는
가을 들판을 걸으며
내 마음도 익네

고개 숙인 마음을
가득 채웠던 슬픔이
불어 가고 없네

어루만져 준 바람을
이제는 만날 수 없네
보이지 않는 사랑처럼
흩어져 버려

들꽃들 춤을 춘다
새벽이슬로 맺혔던
사랑으로 피어

걸음을 멈췄을 때

나를 반기는 물소리
노래 되어 흘러

그 별

손을 내밀면 닿을 듯이
눈앞에 떠 있는 별

잡으려는 마음은
고개를 떨구네

가장 빛나는 별 하나
우리의 사랑이라

맺었던 그 시절을
어둠이 밝혀 주네

운명이라 말하던 그대
그대를 만나서

사랑한다 말했지
숨겨 왔던 그 말을

인연이라 믿었던 그대
그대를 떠나서

그리움도 말했지
하고 싶던 그 말을

사랑한다 말했지
숨겨 왔던 그 말을

친구

한평생을 살아 보니
궂은일도 설움도 후회도

한 사람을 만나 바라보며
함께했지 서로 견뎌 왔지

좋은 친구가 되었네
그대와 내가
날마다 날마다 사랑으로

즐거움도 슬픔도
언제나 함께 나누며 살아요

한 사람을 만나 바라보며
함께했지 서로 견뎌 왔지

좋은 친구가 되었네
그대와 내가

날마다 날마다 사랑으로

즐거움도 슬픔도
언제나 함께 나누며 살아요
언제나 함께 사랑하며 살아요

옥탑방 줄무늬 커튼

창문을 열면
그 사이로 바람이 지나가지
줄무늬 커튼이 흔들리는
나의 창은 바람의 길목

새들의 노래가 들리고 햇살이 들어오지
마을버스 지나가는 소리
작은 창은 햇살의 길목

조금은 복잡한 골목길
아침 열시엔 야채 실은 트럭이 지나는
나의 보금자리
나의 사랑을 기다리는

하루에 한 번은 커피 향
내 방 가득 채우고
들여다봐지는 궁금한 소식 하나
밥 먹을까요

조금은 더딘 시간, 더딘 계절
하지만 기다릴 수 있어요
나의 옥탑방은
내 사랑의 길목

그대마을

노란 불빛 가로등 하나
그대 집 앞 골목길

숨 가쁜 오르막 마냥 좋았던
감나무 한 그루도

바람길이 그대 창을 지나갈 때마다
내게 다정한 마음 드리워 웃음을 짓네

아무도 찾아오지 않던 날
긴 날은 너무 외로워
그대 나를 기다리다가 잠이 들었네

지나가는 발자욱 소리에도
나는 슬펐네

투명한 바람만 나의 창가를
머뭇거리다 가네

꿈만 같아 그대 목소리가
방 안 가득 내게 들려준 사랑의 노래
눈을 감으면

다시는 돌아오지 않으려
눈물도 보이지 않던

그대만을 기다리다가
잠이 들었네

푸른 장미

더 가까이는
오지 말았으면 해

다시 내가 그대를 향하여
가시가 되어
찌르게 될까 봐

향기보다 더 아픈 기억을
주게 될까 봐
나 두려워져

사랑이라도 그대 눈물 흘릴까 봐
아름다워 외로운 눈길

피할 수 없어
어찌할 수 없던 마음
어떡하죠
나 어떡하죠

밤이 내리면 푸른빛을 받아
태양보다 뜨거운 사랑을 받게 될까 봐
나 두려워져

사랑이라도 그대에게 가시가 돼 버릴까 봐
괴로울까 봐

피하고 싶어
다가갈 수 없는 마음
어떡하죠
나 어떡하죠

아직도

아직도 가장 힘든 일
그건 아마도 이루지 못할
꿈이 되고 말았던 일

지금도 알 수 없는 건
사랑 때문에 볼 수 없는
너의 모습 그리워하는 나

아무것도 바라지 않고
아무것도 아닌 일들이
너와 나를 더욱 멀어지게 해

세상에서 가장 힘든 일
그 누구도 할 수 없는 일
너무나도 어려운 그 한 가지

내가 좋아하는 사람이
나를 좋아하는 것

내가 사랑하는 사람이
나를 사랑하는 것
내가 바라보는 사람이
나를 바라보는 것

그리우면

보내야만 하는지 떠나야만 하는지
기다리면 되는지 답답한 이내 마음

사랑이란 이렇게 내 모든 걸 가져가
아무것도 아무 생각도 할 수 없게 만들어

사랑한다 말해도 내 목소리 어디에
흩어져 버려 닿을 수 없는 바람처럼 사라져

소리 없는 그리움 내 마음에 쌓여 가
기다리는 날마다 눈물 나게 하는데

독백

아는가요
아침에 눈을 뜨면
거짓말처럼 떠오르는 얼굴, 그대

모르겠죠
다른 곳을 바라봐서
상관없겠죠 모르는 게 나아요, 그대

매일 매일이 기다림이라
길기만 해요 아무것도 못 하고

다른 곳에 더
다른 사람을, 다른 생각을 하려 해도
잘 안 돼요

또 하루가 지나요
모르는 척 지나요

언제나 사랑은

한 송이
여리디여린 꽃 피어나
바람을 만났네

나는요 무슨 꽃빛 물들여
그대 눈길을 마음을
다가서게 할까요

어제는 비가 잠시 내려 나에게
싱그럽던 하루

그러나 햇살은 더디기만 하고
시간은 더욱더 기다리게 하네요

언제나 사랑은 그렇게
기다리는 거라고
바람은 나에게 말을 했었네

그래 나의 시절이 오면
그래 그때는 알게 될 거야

향기보다 더 진한 그리움이
꽃 물들었다고

한 송이
여리디여린 꽃 피어나

사랑은 사랑을

어느새 꽃은 다 지고
푸르른 날들이야

기나긴 어둠 나는 무얼 했기에
이제 와 향기가 그립다 말하고 있나

그리운 날들의 기억
멀어진 세월인데

다시는 내게 오지 않을 사랑을
이제 와 기다려지는가
알지 못하네

사랑은 이별을 불러왔다 가는 것
그러나 사랑은 사랑을
불러 주길 바래 사랑을

더 이상 지나온 날들

돌이켜 생각하면 후회만 남아
내겐 슬픔만 남아

아쉬운 시절이었는가
잡지 못하네

사랑은 이별을 불러왔다 가는 것
그러나 사랑은 사랑을
불러 주길 바래 사랑을
불러 주길

몽유

깊은 잠 속에 닿지 않고
허공에 누워

수많은 생각에 닿으니
다시 깨어난 꿈

아니 그땐 몰랐네
사랑인 줄 몰랐네

수많은 별들의 밤들도
날이 새면 사라진다

그토록 미웁던 날들
그리운 날들의 이별도

그 기억이
그 마음이
사랑인 줄 모르고

그 기억이
그 마음이
사랑일 줄 모르고

이몽

소리도 없이 바라보다가
마음이 통해 머물렀지만

이미 늦은 밤 생각하다가
너무 멀어진 서로 다른 길은

대답할 순 없지 어디로 가는지
한때는 내 마음 모두 다 주었던 시간

지금은 어디에서 꿈을 이루고
사랑을 만났다면 행복해 하겠지

생각해 보면 길을 걷다가
우린 모든 게 어울리지 않아

돌아갈 순 없지 지나 버린 시절
한때는 그대도 내게 전부였던 시간

지금은 어디에서 꿈을 이루고
사랑을 만났다면 행복해 하겠지

지금은 어디에서 꿈을 이루고
사랑을 만났다면 행복 찾았겠지

꿈속에서

기다리다 기다리다
잠든 어느 날
꿈속에서 나를 보며 말했지
사랑한다고

기다리면 기다리면
그대 내게 오겠지
꿈이라도 좋은 시간일 거야
사랑한다면

늦지 않게
이 밤이 가기 전에
내게로 와요

때가 되면 알게 될 거야
우린 너무 다른 곳을 바라본
사람들, 사람들 중에

우리 둘만이 할 수 있는 사랑
사랑을 해요
오늘 밤

박강수 노래시집

그리운 바람이 나를 불러

초판 1쇄 발행 2026년 2월 9일

지은이 박강수
펴낸이 오은지
편집 변홍철 오은지
디자인 정효진
제작 세걸음

펴낸곳 도서출판 한티재
등록 2010년 4월 12일 제2010-000010호
주소 42087 대구시 수성구 달구벌대로 492길 15
전화 053-743-8368 팩스 053-743-8367
전자우편 hantibooks@gmail.com
블로그 blog.naver.com/hanti_books

ⓒ 박강수 2026
ISBN 979-11-92455-82-2 03810